AF243535

QUINZE JOURS A S$^\text{t}$-PÉTERSBOURG

NOTES ET IMPRESSIONS

SUR LES

INSTITUTIONS MÉDICALES & HOSPITALIÈRES

DE CETTE VILLE

PAR

Le Dr VULLIET

Professeur à la Faculté de médecine de Genève

PARIS

BUREAU DES PUBLICATIONS DU *Journal de Médecine de Paris*

35, BOULEVARD HAUSSMANN, 35.

1891

QUINZE JOURS A St-PÉTERSBOURG

NOTES ET IMPRESSIONS

SUR LES

INSTITUTIONS MÉDICALES & HOSPITALIÈRES

DE CETTE VILLE

PAR

Le Dr VULLIET

Professeur à la Faculté de médecine de Genève

PARIS

BUREAU DES PUBLICATIONS DU *Journal de Médecine de Paris*

35, BOULEVARD HAUSSMANN, 35.

1891

QUINZE JOURS A S^T-PÉTERSBOURG

NOTES & IMPRESSIONS

SUR LES

INSTITUTIONS MÉDICALES & HOSPITALIÈRES
DE CETTE VILLE

PAR

Le Dr VULLIET
Professeur à la Faculté de médecine de Genève.

Je savais que la Russie possède, dans toutes les branches de nos connaissances, des savants de premier ordre, mais je ne connaissais ces savants que par la notoriété attachée à leur nom et par la lecture de publications parues en français, en anglais ou en allemand. Je ne pouvais donc avoir qu'une idée imparfaite du génie scientifique propre de cette nation, qui est, beaucoup plus qu'on ne le suppose généralement, sortie de la phase de la copie et de l'imitation pour entrer dans celle de la production originale et indépendante.

Je viens de séjourner à Saint-Pétersbourg du 20 décembre 1890 au 12 janvier 1891, employant mes loisirs à visiter l'Université, les sociétés savantes, les hôpitaux et, en général, toutes les institutions qui intéressent un médecin et un gynécologiste. J'en ai rapporté une très grande impression et j'espère pouvoir intéresser les lecteurs de ce journal en leur communiquant quelques-unes des observations que j'ai pu faire pendant cette courte visite.

Cette période de l'année se trouvait être précisément la plus propice pour satisfaire mon genre spécial de curiosité, car c'est partout pendant l'hiver que l'activité universitaire bat son plein. Mais c'est avant tout à la grande complaisance et à la parfaite courtoisie de mes confrères russes que je dois d'avoir pu voir beaucoup de choses en un temps très court.

Ma première visite fut pour le professeur Slavjansky ; je n'oublierai jamais son confraternel accueil. Slavjansky, chacun le sait, compte parmi les gynécologistes les plus éminents de ce temps-ci ; il a beaucoup travaillé, beaucoup publié, il est cité dans tous nos livres pour ses recherches dans le domaine scientifique. C'est en outre un chirurgien de grande notoriété.

Quand je sortis de chez lui, j'étais orienté ; je savais tout ce que je devais voir et comment je devais m'y prendre pour bien voir. Il fit plus, il m'introduisit lui-même partout où son intervention personnelle pouvait m'être utile.

Le jour même de cette visite, à 1 heure de l'après-midi, se célébrait à l'Aula le *Dies academicus*, je tombais donc à point nommé pour assister à cette solennité qui me faisait voir l'Académie de médecine, professeurs et étudiants, rassemblés en grand gala.

L'Académie est grandement installée dans le quartier de Viborg. Là se trouvent l'Académie proprement dite, les cliniques, différents hôpitaux, des bâtiments destinés à l'anatomie, à la physiologie, à la chimie, à la physique et une bibliothèque.

Quand j'eus franchi la porte de l'Aula je me crus soudain transporté dans quelque festival donné par un général à son état-major ; l'organisation de l'académie est toute militaire. Professeurs et étudiants étaient en grand uniforme.

Les plus élevés dans la hiérarchie ont le grade de général, le titre d'Excellence et portent au cou et sur la poitrine les ordres de Saint-Georges et de Saint-Wladimir.

Les uniformes sont très brillants et les savants les portent avec l'aisance de militaires de profession. Ce sont, en général, de beaux hommes ayant de la grâce et de la distinction naturelle.

L'Aula est une vaste salle carrée avec galeries sur colonnades. Elle est simplement décorée. Au centre de l'un des côtés, une tribune surmontée d'un dais.

Les professeurs sont massés de chaque côté de la tribune,

je suis invité à m'asseoir parmi eux ; mon habit noir fait assez triste figure au milieu de ces épaulettes et de ces galons.

Le public occupe le pourtour et une partie du parterre de la salle ; toute l'assistance a l'air très recueillie ; l'ensemble forme un spectable fort imposant.

En face de la tribune, au milieu d'une grande table, se dresse une colonne dorée d'un travail fort artistique. Cette colonne porte des inscriptions. On m'explique que c'est un édit de Pierre le Grand enjoignant de discuter avec calme et décence et interdisant les invectives et les débats tumultueux. Il existe une colonne semblable dans tout local servant à des délibérations officielles et la volonté posthume du grand czar est si bien respectée, que la Russie a ignoré jusqu'à ce jour l'usage des sonnettes présidentielles.

J'ai été frappé de l'air de jeunesse de la plupart de ces hommes qui ont cependant atteint dans la science, le rang le plus élevé.

Slavjanski, par exemple, a reçu déjà toutes les distinctions que peut ambitionner un professeur, et il a à peine dépassé quarante ans.

Un homme de valeur peut donc, en Russie, arriver en pleine maturité aux positions les plus grandes.

Quel contraste avec certains pays où l'on n'atteint les cimes qu'une fois fourbu. Il est vrai que le système russe ne se maintient que parce que la durée du service actif est limitée. Après vingt ou vingt-cinq ans de professorat, il faut prendre sa retraite. Le professeur retraité entre alors dans les conseils de l'instruction publique, situation très honorée, mais qui comporte plus d'expérience que d'activité. La cérémonie commence, une musique militaire dissimulée dans une galerie, entonne l'hymne russe que l'assistance écoute debout. Le Président ouvre la séance par une courte allocution, puis il cède la parole au professeur de chimie à qui il incombe, cette année, de régaler l'assistance. Son discours roule sur l'état actuel de la chimie organique ; ensuite c'est le secrétaire général qui lit le rapport de fin d'année, qui se termine par une énumération de tous les travaux publiés en 1890, par les membres du corps enseignant.

Cette énumération me fit sourire. Evidemment celui qui

avait introduit cet article dans le programme du *Dies academicus* était né malin. Quel aiguillon en effet pour la production scientifique ! Je connais plus d'une université où l'on verrait probablement éclore quantité de travaux remarquables si, comme à Saint-Petersbourg, il s'y faisait une fois par an, en public, le bilan de l'activité de chacun.

La cérémonie se termine par une distribution de récompenses à ceux des élèves qui se sont distingués dans les épreuves finales dé l'année. Les lauréats viennent l'un après l'autre, prendre un parchemin des mains du Président, l'assemblée applaudit, et la musique entonne une joyeuse fanfare.

Le soir, au club médical, dîner de deux cents couverts, donné par la Société de médecine de Saint-Pétersbourg.

Dîner en deux actes : premier acte debout autour de la table des zakouski (hors-d'œuvre) et du vodka (eau-de-vie) ; deuxième acte, assis devant un menu où les cuisines russe et française, se marient agréablement. Le premier toast est pour l'empereur, on boit ensuite à la famille impériale, à l'avenir de la Société, etc., tout à coup j'entends mon nom ; un orateur disait les choses les plus flatteuses pour mon pays et pour ma personne ; je suis entouré, et nous trinquons. Je réponds au toast que l'on venait de m'adresser ; on m'entoure de nouveau et nous retrinquons. Discours et rasades continuent ainsi jusqu'à ce que le Président (un Président par droit d'aînesse) entonne avec conviction et entrain le *Gaudeamus igitur* juvenes *dum sumus* ; il n'en oublie ni un mot ni un couplet.

La chanson finie, tout le monde se sépare dans la plus grande cordialité.

Les hommes sont partout les mêmes, et il est bien probable qu'en Russie, comme ailleurs, la rivalité, la compétition, hantent aussi l'esprit des gens qui exercent une même profession, mais il est bien évident également que des réunions comme celle que je viens de décrire doivent tendre à adoucir et à tempérer le *Struggle for Life*, surtout chez une race essentiellement douée de mansuétude et de bonhomie.

Pour moi, j'ai été très impressionné par le spectacle d'une si grande et si juvénile fraternité ; elle me rappelait l'abandon, l'expansion des fêtes d'étudiants qui ne connaissent pas encore la *pessima medicorum invidia*.

L'existence même d'un club médical (c'est le seul que je connaisse en Europe) n'est-elle pas une preuve d'esprit de corps et de sentiments bienveillants entre les médecins. Le club est très fréquenté ; il est installé dans un vaste et beau local où l'on trouve le confort et tout ce qui rend agréable la fréquentation des cercles. En Russie, on ne va ni au café, ni à la brasserie.

Les différentes Sociétés de médecine s'y réunissent pour leurs séances officielles comme à Paris au Palais des Sociétés savantes.

Je fus encore une fois l'hôte de mes confrères au club médical. J'étais invité par une société plus restreinte que la précédente ; de par ses statuts elle ne doit pas compter plus de 20 membres ; c'est l'élite (élite composée de vétérans) des médecins de la capitale.

J'y entendis une anecdote que je raconterai parce qu'elle en dit long sur la nature du sentiment national russe.

C'était après un excellent dîner ; comme d'ordinaire en pareil cas, la causerie, de gaie et paradoxale d'abord, avait insensiblement pris une tournure plus sérieuse et plus solennelle. Trois des convives, un américain, un anglais et un russe, formant un groupe à part, en étaient arrivés à deviser sur les mœurs, les religions, les civilisations des différentes races d'hommes qui peuplent la terre.

Afin de résumer et de conclure, l'un d'eux proposa que chacun cherchât le proverbe ou l'adage qui pût être considéré comme l'expression typique et condensée du genre propre de sa race.

L'américain prend le premier la parole « *A man is a man* ». Voilà, dit-il, l'adage qui caractérise le mieux notre conception de la sagesse humaine : Un homme est un homme, c'est-à-dire vénérons dans chaque individu l'humanité tout entière.

L'anglais n'est pas embarrassé, il n'a du reste pas le choix. Nous sommes des gens pratiques, dit-il, « *Time is money*. »

Le russe, dont c'est le tour de parler, cherche sans trouver ; il n'a ni proverbe, ni adage à mettre en ligne ; tout à coup il se redresse de toute sa hauteur et faisant de la main le salut militaire, il prononce d'une voix sonore et vibrante d'enthousiasme ces simples mots : « *A vos ordres, Majesté* », voilà notre devise, dit-il. En effet, pour le russe qui n'est pas en rébellion, le czar résume tout, il personnifie la sainte Russie, son sol, ses institutions, ses traditions et ses espérances.

Le patriotisme et le loyalisme envers l'Empereur se confondent en un seul et même sentiment. Je puis assurer que jamais l'expression du patriotisme ne m'a paru plus grande et plus fière que lorsque j'entendis le russe articuler ainsi sa devise.

L'*Académie de médecine* me fut montrée par le docteur Fischer, cicerone aussi agréable qu'instruit ; le Directeur, le Professeur Paschoutin, avait mis le plus aimable empressement à me faire recevoir partout par les professeurs ou les chefs de laboratoire.

J'ai constaté qu'à l'Académie de Saint-Pétersbourg, tout s'enseigne et s'apprend selon les procédés les plus modernes. Les laboratoires et les exercices pratiques sont partout au premier plan, les cours théoriques m'y paraissent bien démodés.

N'est-ce pas là du vrai progrès ? à quoi sert d'astreindre les étudiants à venir entendre un professeur débiter ce qui peut se lire dans tout manuel ?

Les laboratoires sont tous bien éclairés, spacieux et offrent à l'étudiant, l'outillage le plus complet. L'amphithéâtre de M. Yegoroff, professeur de physique, peut contenir jusqu'à six cents auditeurs ; tout est disposé pour les projections et les démonstrations de toutes sortes.

Les Russes n'ont rien à envier à personne, au point de vue de l'organisation des hautes études.

Il existe à Viborg une bibliothèque médicale des plus remarquables. Elle est emménagée et cataloguée de la façon la plus pratique ; on y trouve, sur tous les sujets, les ressources littéraires les plus modernes et les plus complètes. Le bibliothécaire m'a montré dans une vitrine tous nos journaux de médecine suisses continuant ou ayant cessé de paraître.

L'Institut bactériologique. — Saint-Pétersbourg possède aussi un Institut bactériologique, dotation d'un membre de la famille impériale, Son Altesse le prince Alexandre d'Oldenbourg. C'est un vrai palais, mais, quelque admirable qu'il soit, par sa somptuosité, ce palais l'est plus encore par sa parfaite ordonnance ; il prouve chez le prince une grande clairvoyance et une vraie sollicitude pour les besoins d'une science dont il comprend toute la portée au point de vue de l'intérêt public.

Le savant le plus ingénieux à assurer à son travail la plus grande somme de commodité et de précision, ayant à sa disposition les constructeurs les plus habiles, et puisant dans un trésor sans fond, n'eût certes pu arriver à quelque chose de plus parfaitement adapté au but cherché.

Je n'ai jamais vu dans aucun pays la science si bien logée ; ce n'est qu'à la cour de Russie qu'elle pouvait trouver un Mécène capable envers elle de pareilles largesses. -

L'Institut Oldenbourg a été inauguré dernièrement par une solennité à laquelle divers savants étrangers, le Dr Chamberland entre autres, avaient été conviés.

Je m'y rendis en compagnie du professeur Slavjansky. Nous fûmes reçus par l'aide de camp du prince, par le Dr Kamiensky, directeur des laboratoires, et par le vétérinaire en chef, tous deux savants très distingués.

L'Institut est situé à quatre ou cinq kilomètres de la ville, dans une localité parsemée de villas élégantes.

Il occupe plusieurs corps de bâtiments épars dans un grand parc boisé. Chaque bâtiment a sa destination spéciale ; le premier que nous visitons est affecté aux laboratoires de bactériologie.

Il est composé d'une série de pièces de dimensions moyennes. Chaque savant occupe une pièce, il peut ainsi poursuivre ses recherches sans être incommodé ou épié par personne.

Il existe des locaux non seulement pour le personnel habituel de l'Institut, il y a aussi de la place pour des étrangers, désirant faire à l'Institut des recherches spéciales.

L'aménagement, les appareils, l'outillage, en un mot, m'a paru absolument parfait. Le savant peut franchir le seuil de l'Institut les mains vides, il y trouvera tout ce dont il peut avoir besoin pour son travail.

La construction elle-même est du dernier style — pas de coins, ni d'angles ; les murs, les planchers, les plafonds, se rencontrent, suivant des plans arrondis ; toutes les parois sont recouvertes d'un vernis blanc qu'on peut nettoyer par d'abondantes irrigations, les gaz sont collectés par des tuyaux qui les envoient se comburer dans la fournaise des poêles. Les détritus disparaissent par crémation ; des caveaux réfrigérateurs servent à conserver à l'abri de la putréfaction toute matière organique, tout cadavre qui sert à l'étude.

Nous visitâmes ensuite le chenil destiné aux chiens enragés ou suspects ; c'est là surtout qu'éclate tout le raffinement qui a présidé à l'érection de cet institut.

Il n'est pas possible d'imaginer une installation, où les chiens soient mieux traités et davantage empêchés de mordre. Toutes espèces de mauvais traitement de la part des employés sont rendus impossibles et les employés, de leur côté, sont à l'abri des morsures et cela sans qu'ils aient à prendre des précautions spéciales.

Les chenils peuvent être nettoyés, la nourriture peut être tendue aux animaux, sans qu'il soit nécessaire de pénétrer dans les stalles. Chacune d'elles est pourvue d'eau courante et débouche d'un côté sur une loge grillée où le chien peut sortir à l'air extérieur. Je n'ai pas senti la moindre odeur.

Comme dans le bâtiment précédent les gazs sont aspirés et brûlés ; le local est parfaitement chauffé.

Pendant que nous visitions le chenil, un employé accourut pour prévenir que l'on amenait en ce moment un chien pris en ville. Nous sortîmes aussitôt pour nous rendre compte de la façon dont on procédait à la réception des chiens. Je vis alors fonctionner un mécanisme étonnant d'ingéniosité.

Un valet de ville, tenant en laisse le chien muselé, attendait au dehors, devant une petite porte, située à côté de la grande porte d'entrée du parc. Cette petite porte est à une distance de vingt mètres environ du chenil et reliée avec lui par un chemin entouré de tous côtés d'une grille en fer, celle-ci formant une sorte de manchon continu qui commence au pourtour de la porte du chenil pour se terminer au pourtour de la porte d'entrée.

Une fois que nous fûmes bien postés pour observer la manœuvre, un employé placé en dedans du mur d'enceinte fit jouer une poulie, qui souleva la moitié inférieure de cette petite porte. L'ouverture qui en résulte est déjà bouchée par l'un des côtés d'une cage en fer à claire-voie.

Le chien est facilement poussé dans cette cage, dont la porte se referme aussitôt derrière lui. Il ne peut désormais atteindre personne ni par ses dents, ni par sa salive et il ne se présentera désormais plus aucune circonstance dans laquelle on pourrait par mégarde lui ouvrir une issue.

La cage au moment où elle recevait le chien se trouvait elle-même dans une sorte de grande guérite tournante grillée où j'avais pris place avec l'aide de camp du Prince.

Cette guérite ronde présente une ouverture, de la dimension d'une porte ordinaire, et elle peut tourner sur elle-même de manière à présenter son entrée à volonté soit du côté de l'extérieur pour recevoir le chien, soit du côté de la galerie, qu'il faut parcourir pour arriver dans le chenil.

La guérite fit demi-tour et la cage se trouva tournée du côté du chenil. Un employé, tirant sur une chaîne, fit avancer la cage sur des rails jusqu'à ce qu'elle fût arrivée dans l'intérieur du chenil, au devant de la stalle destinée au chien. Là, la cage tourne sur une plaque tournante mobile. Cage et stalle eurent alors leurs entrées abouchées l'une sur l'autre. Des trappes furent ouvertes et le chien par un mécanisme faisant basculer le plancher de la cage, fut projeté dans sa stalle. A aucun moment durant cette série de manœuvres je n'ai eu l'impression que l'animal eût subi une violence quelconque. Il ne peut opposer aucune résistance, mais d'autre part il n'est pas exposé à la moindre contusion.

Le Prince qui a organisé tout cela a donné un bel exemple d'humanité et de compassion envers des animaux que la maladie seule rend dangereux.

Comme nous sortions du chenil, je vis venir à notre rencontre un beau chien sautant, jappant et remuant la queue ; c'était celui qui tout à l'heure avait été conduit en prison. Il s'était prêté de bonne grâce à la mystification nécessaire pour me faire assister au spectacle de l'entrée d'un chien dans le chenil. Je le caressai bien volontiers pour lui marquer ma reconnaissance et ma réelle satisfaction de le voir en si bonne santé.

Des installations comme celle du Prince d'Oldenbourg devraient exister partout, tout le monde comprendrait bientôt les services qu'elles peuvent rendre. Les chiens étant bien traités, leurs maîtres les y amèneraient volontiers à la première alerte de maladie. Les chiens errants, les chiens suspects y seraient conduits d'office.

Quant aux chiens notoirement enragés, vivants, ils seraient internés dans le chenil jusqu'à leur mort naturelle, abattus ils seraient conservés dans les caveaux réfrigérants.

En prenant ces mesures on verrait certainement diminuer les cas de rage qui éclatent chez le chien en liberté et quand des personnes seraient mordues on pourrait toujours dans le caveau ou dans le chenil, retrouver l'auteur des morsures ; il serait facilement reconnu par la victime ou par des témoins.

Il faudrait naturellement, lorsqu'un chien a été abattu dans la rue, faire des inoculations pour savoir s'il était ou s'il n'était pas atteint de rage. On pourrait ainsi dresser le casier judiciaire de tout chien ayant mordu.

Nous ne savons en somme pas du tout à quel degré et dans quelles conditions l'homme est apte à contracter la rage; et il en sera ainsi tant que les enquêtes sur les chiens qui ont mordu seront rendues ordinairement impossibles ou illusoires par l'abatage des chiens et la disparition de leurs cadavres. Le vétérinaire en chef me disait que parmi les chiens amenés à l'institut comme suspects, il n'y en avait pas la moitié qui fussent réellement enragés.

Toutes ces morsures anodines faussent nécessairement toute statistique et aboutissent à des conclusions erronées sur la fréquence de la rage, car la morsure d'un chien non enragé est un traumatisme banal qui doit être exclu de toute enquête sur la pathogénie de la rage.

L'institut d'Oldenbourg me paraît outillé et organisé de manière à amener davantage de lumière sur cette si importante question et à nous renseigner sur la valeur et la portée des traitements que l'on applique à tort et à travers sans savoir si des sujets sont ou ne sont pas en puissance de maladie.

Un troisième bâtiment contient des écuries destinées à recevoir des chevaux et toute sorte d'animaux qui servent à l'étude des maladies spontanées ou expérimentales. On y étudie l'action des vaccins et des lymphes. Un département est réservé aux singes. Partout la même propreté, le même souci de l'hygiène, la même douceur dans la manière de traiter les animaux.

Le vétérinaire en chef avait injecté la lymphe de Koch à des singes ; il me montra les courbes de température en appelant mon attention sur une particularité que cet animal présente d'une façon plus marquée que l'homme. La température chez le singe baisse dans les heures qui suivent immédiatément l'injection. Ce n'est qu'après avoir baissé qu'elle remonte pour dépasser le degré normal et atteindre la température qui caractérise la fièvre de réaction. Ce phénomène, qui est exceptionnel chez l'homme, s'est produit chez tous les singes injectés dans l'institut Oldenbourg.

J'avais passé une heure et demie environ dans l'institut et nous nous acheminions vers la sortie lorsque l'aide de camp vint m'inviter de la part du Prince à venir prendre une collation chez lui. Je n'ai jamais été reçu avec plus d'affabilité et de bienveillante courtoisie.

Nous restâmes assis une demi-heure environ autour du samowar, causant asepsie, antisepsie, rage, tuberculose. Son Altesse connaît personnellement la plupart des savants dont le nom est lié aux progrès de la bactériologie ; il est parfaitement au courant des travaux parus sur le sujet.

Si agréable que fût pour moi cette conversation je me sentis tout à coup envahi par une préoccupation. Etait-ce à moi en qualité d'hôte ou au prince en qualité de prince de lever la séance ? Je regardai Slavjansky qui comprit ma question, je me levai et nous prîmes congé de son Altesse.

Je vais maintenant faire part à mes lecteurs des observations, que j'ai pu faire sur *les hôpitaux, les dispensaires*, et sur l'enseignement clinique.

La couronne, la maison impériale, les administrations provinciales et communales, les grands seigneurs, les riches particuliers, tout ce qui possède en un mot, semble en Russie rivaliser de zèle dans l'exercice de la charité. Je connais des pays où l'on attend tout des deniers publics, d'autres où c'est l'initiative des particuliers qui prend toujours les devants pour venir au secours de la misère. En Russie, la charité officielle et la charité privée donnent sans se préoccuper l'une de l'autre et ce n'est pas seulement de l'argent que l'on donne. J'ai vu des princesses et des filles de généraux remplir dans des hôpitaux, en costume de sœurs, les emplois les plus humbles et les plus ignorés.

Le Russe est charitable pour les mêmes raisons qu'il est prodigue ; il ne tient pas à l'argent, de là probablement son antipathie pour les races qui y tiennent trop, de là aussi cet esprit chevaleresque qui éclate dans ses habitudes, dans les œuvres de ses poètes et de ses littérateurs.

Cette littérature, que les traducteurs viennent de nous révéler, nous a paru si puissante et si originale parce qu'on la sent plus qu'aucune autre imprégnée de charité et de désintéressement. Entendez converser des russes entre eux, leur voix est harmonieuse, leurs gestes dépourvus de toute mimique trahissant des sentiments hargneux.

Les animaux qui vivent dans la société de l'homme, le chien et le cheval sont doux et patients. Les isvostschiks (cochers de fiacre), n'ont pas de fouet et ils causent à leur cheval comme à un ami.

Je puis paraître un peu bucolique aux esprits frondeurs, mais c'est ainsi que j'ai vu les choses et quand je voyage j'aime mieux observer que juger.

Saint-Pétersbourg ne compte pas moins de 150 établissements de bienfaisance et de quarante hôpitaux ou maisons de santé. Ces hôpitaux peuvent donner asile à environ dix mille malades, les indigènes et les étrangers y trouvent accueil gratis.

La communauté suisse, sur l'initiative de notre consul général, M. Dupont, vient aussi de fonder un asile. Monsieur le consul général n'a pas seulement fait acte d'initiative, il a offert de ses deniers la partie la plus importante du capital et son exemple a été suivi avec un tel entrain que la souscription ouverte dans la colonie suisse a bientôt suffi pour assurer l'existence et l'avenir de l'asile suisse.

Je n'ai pas visité tous les hôpitaux, je me suis borné à ceux qui m'intéressent d'une façon particulière au point de vue de la spécialité que je professe.

La maison d'accouchement, Rue Nadejinskaïa, 3, est dirigée par le professeur Krassowsky.

Krassowsky est un homme de soixante ans environ, très affable, grand cerveau, regard clair, à la fois doux et perçant ; on sent immédiatement chez lui l'autorité que donnent l'expérience et une grande habitude des hommes.

Il habite la maternité et il y reçoit tous les mois la Société de gynécologie, qu'il préside. Krassowsky est le père de l'ovariotomie en Russie, c'est lui qui fit le premier cette opération avec succès et qui l'acclimata ensuite dans le pays. Il est l'accoucheur de l'Impératrice et des grandes Duchesses et ce n'est pas une sinécure.

Il occupe une très grande situation dans la clientèle. Il me fit les honneurs de la maison. Bien que datant de plusieurs années déjà, la maternité de la Nadejinskaïa ne laisse absolument rien à désirer ; il y existe un service obstétrical et un service gynécologique. Il ne s'y produit pas de maladies infectieuses, cela prouve mieux qu'aucun raisonnement son excellente tenue. L'institution sert principalement à l'instruction des sages-femmes, qui y font des études très sérieuses. Elles doivent résider dans la maternité de façon à se familiariser avec l'obstétrique aussi bien par la pratique que par la théorie. Les malades pauvres sont installées dans des salles qui contiennent de six à huit lits. Les malades fiévreuses sont isolées des autres. La Maternité reçoit des pensionnaires à raison de cinquante à soixante roubles par mois. Lorsqu'une femme désire accoucher d'une façon clandestine, elle trouve à la Maternité une installation qui déroute toute indiscrétion. Ne vaut-il pas mieux offrir à ces malheureuses un refuge décent que de les pousser à recourir aux pouponnières louches ou aux expédients criminels ?

Les Baraques de Peski. — Dans nos pays tempérés le système des hôpitaux-baraques parut au début ne pouvoir convenir qu'en été ou dans des circonstances où la nécessité oblige à y recourir comme pis-aller (guerre, épidémie) ; il ne fallut pas longtemps pour s'apercevoir que même en hiver il conserve au point de vue de la ventilation et des conditions hygiéniques en général tous ses avantages ; mais ordinairement nos hivers sont courts et le froid modéré.

Les conditions dans la Russie septentrionale sont autres ; l'hiver y dure six mois au moins et la température s'abaisse parfois jusqu'à trente degrés Réaumur. Le système des baraques était-il applicable à Saint-Pétersbourg ? Quelles modifications fallait-il lui faire subir pour l'approprier au climat ? Telles sont les questions dont le docteur Berthenson a trouvé la solution.

L'hôpital-baraque de Peski a été érigé sur les indications du D\u02b3 Berthenson par le Comité des Dames de Saint-Pétersbourg, d'ordre de Sa Majesté l'Impératrice. Il est administré par la Société russe de la Croix-Rouge.

Tous ceux qui à propos de constructions hospitalières hésitent entre le système des baraques et celui des édifices inutilement monumentaux, devraient aller se rendre compte par eux-mêmes à Peski, combien il est criminel de gâcher en moellons coûteux l'argent des pauvres, argent dont le but consiste à soulager le plus de misères possible et non à remplir les poches des industriels de la bâtisse.

L'hôpital de Peski est bâti dans un petit parc, un bâtiment en pierre est affecté à l'administration.

Les baraques sont construites en bois sur des fondations en briques, qui s'élèvent à un mètre cinquante environ au-dessus du sol et qui supportent un double plancher hermétique, emprisonnant une couche d'air. Les parois latérales sont fermées tantôt de deux, tantôt de trois cloisons parallèles, emprisonnant des couches d'air. Ces couches d'air protègent aussi bien contre le froid que pourrait le faire une couche solide de la même épaisseur. L'expérience a démontré que la paroi formée de trois cloisons en planche n'est pas absolument nécessaire, une seule couche d'air étant suffisante pour arrêter le froid extérieur. Un poêle placé au centre de la grande pièce chauffe la baraque entière. Ce poêle a sa bouche hors de la salle, dans le rez-de-chaussée qui a été ménagé entre le sol et le double plancher. On arrive ainsi très facilement à obtenir une température constante.

Deux moyens sont employés simultanément pour la ventilation : d'abord, toute la longueur du toit de la baraque est percée d'une ouverture de plus de deux mètres de largeur et surmontée d'une lanterne percée de nombreuses fenêtres à tabatière s'ouvrant de bas en haut.

Quand on ouvre ces fenêtres, il semblerait que l'air extérieur, qui a, en hiver, une température de dix à trente degrés réaumur au-dessous de zéro, dût se précipiter rapidement et remplacer l'air chaud de la salle qui a une tendance naturelle à monter.

En réalité, les choses ne se passent pas ainsi : l'air chaud et l'air froid ne se mélangent que peu à peu. Il faut un temps très long, pour que la température de la salle baisse d'un degré, alors même que toutes les fenêtres sont ouvertes.

Néanmoins, ce moyen de ventilation, si parfait en apparence, serait insuffisant à lui tout seul.

En effet, l'air chargé de miasmes plus lourds que l'air pur se tient dans la partie inférieure de l'appartement et ne peut être que difficilement remplacé par de l'air provenant d'en haut. Pour obvier à cet inconvénient, des bouches d'appel pratiquées dans le plancher entre les lits, conduisant l'air par des tubes jusque dans le foyer inférieur, sont en activité jour et nuit ; il ne peut jamais se produire aucun courant en sens inverse apportant de l'air froid.

Enfin pour compléter le système de ventilation, des bouches de chaleur, que l'on peut ouvrir à volonté, introduisent dans la salle l'air pur de l'extérieur au moyen de tubes qui traversent le poêle.

La salle contient seize lits placés perpendiculairement aux deux murs latéraux. Une lumière abondante arrive par de nombreuses fenêtres à double châssis, hermétiquement fermées pendant tout l'hiver.

Du côté de l'entrée principale, à droite et à gauche d'un corridor assez spacieux, sont ménagées quatre petites salles, chacune de dix mètres carrés de superficie ; l'une pour les bains, l'autre pour l'officine médicale, la troisième pour une sœur de charité, la quatrième enfin destinée aux opérations chirurgicales.

Le docteur Berthenson m'a fait visiter ses baraques à la fin de décembre, par un jour très froid : j'ai pu me convaincre que ce système assure aux malades autant de confort que n'importe quel autre de moi connu, et que sous le rapport de l'hygiène, il leur est en tous points supérieur.

A cet hôpital, est adjoint *une école pour l'éducation professionnelle de femmes aides-chirurgiens.* Cette école a été fondée en 1871 par le comité des Dames des Lazarets de la Croix-Rouge.

Les élèves sont admises à titre d'externes ou à titre d'internes ; elles sont entretenues aux frais du comité.

Les cours durent trois ans. Le programme des études est certainement plus complet que celui des études imposées en France aux officiers de santé, et on oblige en outre les élèves à beaucoup plus d'exercices pratiques dans les laboratoires et dans les cliniques.

Les élèves qui sortent diplômées sont envoyées dans les Hôpitaux de province, dans les ambulances en cas de guerre ou d'épidémie : elles peuvent même pratiquer dans les districts où il n'y a pas de médecin. Dans leur nombre on compte quantité de demoiselles des meilleures familles qui embrassent cette carrière par vocation.

J'ai été frappé par l'air de distinction et de modestie de ces demoiselles, je n'ai trouvé chez aucune d'elles le type de la virago pédante et excentrique.

Est-ce que nous nous doutons dans l'Europe centrale et méridionale, qu'il existe en Russie, au point de vue de l'instruction médicale à tous ses degrés une telle multiplicité d'institutions ?

J'ai déjà parlé de l'école des sages-femmes sous la direction du professeur Krassowsky : voici celle des aides-chirurgiens sous la direction du Dr Berthenson. J'ai encore à mentionner une *Ecole de Répétition,* à l'usage des médecins praticiens, appelée Institut Clinique (Kirodschnaia, 41).

Il paraît qu'il existe en Russie des médecins qui éprouvent, par ci par là, le besoin de renouveler leur vieux fonds, de rafraîchir leurs connaissances théoriques et pratiques, de s'assimiler les progrès réalisés depuis qu'ils ont quitté l'Université. Voilà bien une excentricité slave !

Il serait cependant bon de l'imiter ailleurs à destination de ceux qui ne veulent pas verser dans une pratique routinière et monotone.

L'enseignement est condensé sur une période de deux mois, il est essentiellement pratique.

L'hôpital où ces cours ont lieu, est vaste et très bien installé; le professeur Dimitri de Ott est chargé de l'enseignement de l'obstétrique et de la gynécologie. Il est tout jeune, plein de science et d'ardeur. Il connaît à fond la littérature de sa spécialité. C'est un opérateur aussi heureux que hardi ; il m'a montré sa salle d'opérations, son arsenal d'instruments, toutes les nouveautés y figurent. J'aurai l'occasion de parler de lui, à propos de la séance de la Société de gynécologie à laquelle j'ai assisté.

L'Hôpital des Cliniques à Viborg.

C'est là que se trouvent les Cliniques de l'Académie de Médecine ; l'Hôpital comme l'Académie relève exclusivement du Ministère de la Guerre. J'y trouvai tout le monde en petite tenue militaire ; je visitai en détail le service du professeur Slavjansky. J'y vis des restaurations plastiques parfaitement réussies. Ce genre d'opérations exige que l'opérateur soit doublé d'un artiste.

Nous passâmes ensuite dans la salle d'opérations : il s'agissait d'un cas bizarre et obscur. Une femme présentait depuis des mois, des vomissements incoercibles. Après avoir vainement tout essayé, Slavjansky, s'appuyant sur l'histoire d'une autre malade précédemment observée, pensa qu'il pouvait s'agir d'adhérences entre l'épiploon et la paroi abdominale.

Il fit devant moi la laparotomie ; les adhérences étaient nombreuses et réelles. Voilà un diagnostic qui fait honneur à sa sagacité. A l'époque où je quittais Saint-Pétersbourg, l'opérée se portait parfaitement bien et n'avait pas vomi une seule fois.

L'opération se fit sur la table et dans la position tout dernièrement éditées par Trendelebourg.

Il m'était réservé d'éprouver dans cette clinique une satisfaction d'amour-propre. J'y vis un bocal plein de mes tampons. Slavjansky compte parmi les adeptes de ma méthode de dilatation, et, qui plus est, il s'en sert sans la débaptiser.

J'ai encore à signaler comme particulièrement remarquable, je dirai même comme unique en son genre, la maison de santé de la rue Bronitz-kaïa.

Je n'ai jamais vu une maison hospitalière, si parfaite à tous les points de vue. Il n'y a pas de particulier assez riche, pour se mettre chez lui, dans des conditions aussi convenables pour subir un traitement chirurgical.

C'est encore une institution de la Société Russe de la Croix-Rouge.

Cette société a bien mérité de la Science, car elle ne s'est pas bornée à faire des hôpitaux ordinaires, elle a trouvé de l'argent qui n'a eu d'autre but que de réaliser l'idéal d'un hôpital. Quel privilège que de professer l'art médical dans un pays où le progrès rencontre ainsi la collaboration de la générosité pour réaliser les plans ingénieusement imaginés.

La maison de santé de la Bronitz-kaïa est sous la direction du Dr Pawloff.

Pawloff fait, dans la perfection, la chirurgie osseuse. J'ai vu chez lui des résultats opératoires surprenants. Sa salle d'opération est entièrement vitrée (double châssis); le jour arrive donc de tous côtés et par le haut ; elle est irrigable jusqu'en ses moindres recoins — le mobilier est en verre et en bois recouvert d'un vernis blanc. Tout est si propre, que la moindre tache, deviendrait insupportable à l'œil. L'air arrive dans cette salle après avoir été filtré à travers du coton, mais ce filtrage ne l'empêche pas d'être abondant. La différence de température entre l'air extérieur et l'air de la salle est telle, qu'il en résulte un tirage très actif.

Pawloff a organisé le filtrage de l'air partout, même dans les réservoirs d'eau chaude et d'eau froide ! quand on ouvre les robinets, l'air qui remplace l'eau est filtré à son entrée. Il ne se sert que d'eau distillée et c'est Madame la princesse Daskiliani qui fait cette distillation. Je lui fus présenté par le Dr Pawloff ; elle était dans la pharmacie en costume de sœur. La princesse me parla de Genève où elle avait habité.

Toutes les sœurs sont sous la direction de mademoiselle Hamburger, la sœur du ministre de Russie à Berne ; le Dr

Pawloff me conduisit chez elle, au premier étage de la maison, où elle occupe un petit appartement. Elle dirige tout son monde avec l'autorité, le tact et la délicatesse d'une grande dame.

Malgré un nombre énorme d'hôpitaux, il existe encore, disséminées dans les différentes parties de Saint-Pétersbourg quinze ou seize maternités minuscules (deux ou trois lits), sortes de stations où une femme surprise par les douleurs de l'enfantement, sans s'être assuré une place à l'hôpital, trouve à sa portée et sans formalités, un asile et des soins convenables.

De pareilles institutions ne prouvent-elles pas chez le Russe la plus grande largeur d'esprit. Il pousse la charité jusqu'à la prévenance. La femme est secourue, sans réticences, sans hésitations, qu'elle soit mariée ou célibataire.

Séance de Décembre de la Société de Gynécologie et d'Obstétrique.

Cette société se réunit à la Maternité, sous la présidence du professeur Krassowsky. Dans aucun de mes voyages, je n'ai assisté à une séance dont l'ordre du jour fût plus intéressant, je n'ai jamais non plus constaté chez les personnes qui prenaient part aux délibérations, plus d'érudition et plus de culture. La curiosité et l'intérêt scientifiques étaient peints sur tous les visages. Pas de communications banales, rien que des objets d'actualité traités par des gens au courant de tout. Je n'hésite pas à dire que la culture des gynécologues me paraît en Russie plus universelle qu'ailleurs. Ce n'est, du reste, pas étonnant, leur polyglottisme comporte toujours une langue de plus que le nôtre, et quant au nôtre, il dépasse exceptionnellement la possession de deux langues. Pas d'orateur retardant l'allure de la discussion, par lacune dans ses connaissances, ou par besoin de faire valoir des points de vue surannés. La séance dura deux heures, je n'ai cependant noté, ni un signe de lassitude, ni une conversation *a parte*.

La première partie fut entièrement occupée par la démonstration de pièces anatomiques, butin opératoire, provenant de la clinique du professeur de Ott (salpingite, grossesse extra-utérine opérées par laparotomie ; extirpation de l'utérus par les voies naturelles pour un fibrôme gros comme une orange).

Dans la seconde partie, la discussion roula sur l'énucléation des fibromes par les voies naturelles, elle se produisit à l'instigation du professeur Sutugin qui en est partisan.

Parmi les personnalités médicales intéressantes dont j'ai fait la connaissance à Saint-Pétersbourg, je signalerai le professeur Lazarewitch, qui est actuellement retraité ; il fait partie du conseil de l'Instruction supérieure, il a professé avec éclat : il écrit actuellement un traité des accouchements, il est l'inventeur de plusieurs instruments fort ingénieux et simples, un perforateur, un cranioclaste et un céphalotribe qui se montent sur un même manche, un forceps n'ayant qu'une courbure. Lazarewitch a été l'un des laparatomistes les plus brillants de la Russie.

Dans une soirée donnée par notre consul M. Dupont, je rencontrai le comte Suzor, qui remplit dans l'administration avec beaucoup de compétence, des fonctions analogues à celles qu'occupent en Amérique, en Angleterre, les Sanitary Engineers.

De l'antisepsie.

La tendance générale de l'antisepsie m'a paru être plutôt aseptique qu'antiseptique.

Propreté parfaite qui commence à régner dès l'entrée du malade dans l'hôpital.

Le malade ne pénètre dans un service qu'après avoir pris un bain, et reçu de la maison des vêtements parfaitement propres.

Les siens ne lui sont rendus qu'à sa sortie.

On filtre toute l'eau, car elle provient de la Néva, dont l'onde n'est pas très pure : on fait beaucoup usage d'eau distillée.

Tous les objets qui ont servi aux pansements sont immédiatement brûlés. Dans presque tous les hôpitaux, la venti=

lation est très bonne ; l'air qui sort des salles est aspiré et comburé dans des poêles. Les opérations, les pansements se font sous l'irrigation continue.

J'ai vu presque partout des bocaux contenant des solutions de sublimé ou d'acide phénique, mais ce sont des solutions faibles, dont on m'a paru ne faire qu'un usage modéré, en comparaison de ce qui se passe en Allemagne.

Je n'ai pas la prétention d'avoir pu, en quinze jours, me faire une idée complète de l'état de la médecine à Saint-Pétersbourg ; je n'ai pas même celle d'avoir croqué les traits distinctifs de sa physionomie particulière : mais ce dont je suis sûr, c'est que je n'ai rien vu ailleurs qui ne fût déjà importé là-bas.

Je crois que nous aurions beaucoup à gagner, à pouvoir vivre avec la Russie, sur le pied de l'échange, telle qu'elle se produit entre Français, Allemands et Anglais. Mais, pour cela, il faudra que les jeunes générations apprennent aussi à compter le russe, comme une des langues par lesquelles le savant peut recevoir le progrès de premières mains.

Très doués, très érudits, très méthodiques, susceptibles également de patience et d'élan, ayant l'esprit tourné vers l'analyse et l'observation, les Russes ont toutes les qualités nécessaires pour occuper une place prépondérante dans la science.

Clermont (Oise). — Imprimerie Daix frères, 3, place Saint-André.